乳甕

菅沼美代子

思潮社

乳甕

菅沼美代子

思潮社

目次

カバー作品＝内藤淳「揺らぎ」　装幀＝思潮社装幀室

乳甕

*

かくのこのみを

病とたたかう
美しいひとから
エアキャップにつつまれた
摘みたての香りが届く

朝のゆりかごに
みずみずしい赤い実

包みを外すと

さあ　どうぞと
いのちを差し出してくる

緑のように
元気だったひとが
冬の枇杷の葉を
仄暗い胎にあてがう

スムージーにしなければ
飲めないと　言う
香の菓を

ほむら　はしる

雨はしずかに　ふりつづき
わずかな風に　舞った

春は
いったり　きたりしていた

東大寺二月堂
黒黒として建つ
夜を待つ

今宵

焔が生きもののように
階段をあがる
じゅうじゅうと音を立てる
舞台を奔り
欄干の角で竹を迫りだし
火の粉をふるう
烈しくよじれる

回廊が燃える

歓声が闇を押し上げ
大きくどよめく

根付きの竹竿は六メートル
籠松明は五十キロもあるという
ゆうゆうと担がれ
焔はいのちとなって燃えさかる

天を焦がす
次からつぎへ
ほむらがはしる
準備は闇がする
時刻を掌るかのように

生身の人々はありがたく
火の粉を浴びる

お松明の燃え殻を
その芳ばしさを存分にかぐ

さいごの焔が消えると
人々の声を飲みこみ
闇はさらに深くなる
雨が脇から踊りでる

うるわしの
まほらまに　佇つ
はるが
すこしだけ　近づく

ルビー婚式

浜橋から　川沿いをあるく
ことしもふたりここに来た
手をつなぎ　歩きはじめる

館橋にくると
最寄駅からの客が増える
——おとうさん　あそこがきれい
連れ合いがカメラをむける
うららかな桜の道

ああ　一年前は
わたしもそう呼んでいたなあ
いまは　名前にさん付けで呼んでいる
父は二人とも空の上だもの

来宮橋にくると
川鵜が群れて遊んでいる
菜の花が桜となかよく競い合い
互いに相手を引き立てている
桜は一輪も散らず見事に咲きほこり
ひつじ雲が浮かぶ青空にその色をくり広げる
メジロも元気にさえずる

豊泉橋まで

ＰＯＬＩＣＥが巡回している
郵便バイクが走り抜けてゆく
托鉢僧がオブジェのように立っている
袂から　こんもりした桜の道をふりかえり
いつか　あなたと呼ぶ日が来るのかなあ
来年に　思いをはせる

そうして　浜橋へ
その先の海に向かってあるく
こんどは腕を組み　ぬくもりに寄り添い
ふたりの道を　歩きとおす

わたくしたちのいえ

十年　二十年　三十年と
積み重ねてつくられたものたちが
季節のようにうつろい　重なりあって
音を立ててくずれてゆくと
まっさらな　空地は
石ころだらけの　のっぺらぼうで
わたくしたちの　長年のくらしは
ぬけるような空に　そっくりすいこまれてしまった

謹厳実直　勤勉な父の
おだやかだが芯のつよい　母の
身を粉にして　建てた家は
冬の日の　ひだまりの　ぬくもりに似て
にぎやかな営みが　波のようにくりかえされ
手さぐりでわかりあおうとした　としつき
いくつものかなしみを　雨にしずめて
ちいさなよろこびをうたった　春の日

それぞれのさくらが咲き　おまえたちは
せまい居間に　わずかな食器と　テーブルと
ひとつの便器をかかえて　くらしている

ほこらしげにひらいて

ふりかえることもしない　若さで
あらしの海も泳ぎつづけ
まるでひとりで生きているかのように
孤独をかかえこんで　ぽつねんと佇む

ふかい秋のように沈黙している　平地に
眼をとじ　おもいをめぐらせる

よごれすすけた表札と　はげおちたペンキ
感情がむきだしになった　壁のあな
はしらの無数のキズと　おまえたちの名前
こころのふちで　なでてみる
そっとこえにだし　呼んでみる
あたらしいいえは　つくられる

あたらしいひとがつくってゆく
わたくしたちの定位は　どこに落ちつくのだろう
夏のおわりのかぜがふいてゆく
ほんのすこし背伸びをして　深呼吸をしてみた

*
*

沐浴

産み出されて　まだ
五日目のほかほか

外は嵐が吹いている
怖い音が唸ってる
あたたかい湯が
まんまんとしている

きみひとりを捉えて

離さないわたしの腕
たなごころ　目　こころ
温もりが包み込む

わたしの左手だけを
頼りにして浮いているきみ

きみは　この世の満足を
全身にあらわしている

のびのびと伸びる足
にぎにぎとグーをする手

瞑想するように

息をしている

羊水から追い出され
ぬくい大海にいる
生まれ出て　まだ
五日目の午後

君は　ダイヤモンド
君は　富士山
君は　雲
きみは　光あるいは雪
きみは午後のはじめに
目をあけて
それから　ゆっくり目をつむる

わたしの腕に
すべてをゆだねて
その上で眠るなんて
なんたる精神

温度

男は　形なきものから
かたち有るものを造りだす
「ナウシカ」がしているようなマスクを着け
粉塵を身に纏い帰ってくる

夕食より先に　手足を入念に洗い
全身の塵や汚れを落とし　髪を乾かす
それから　旨いビールをカーッとやる

人肌は　妻に教えてもらった
やわらかさとかたさは知っている
極上のやわらかさを
おしえてくれたのは　赤ん坊

はじめての　名を呼び
はじめてに　オロオロし
はじめてを　こわごわ抱く

赤銅色の広い掌が
手順通り器用にオムツを替える
妻の白い胸は　誇らしく
ゆたかに息をしている

乳の足りない分　ミルクを作る
習ったとおりにするが
人肌が　分からない

左の腕の内側に
ミルクを一滴たらしても
慥かな温度を　攫めない

光と灼熱と闘いつづけ
皮膚は強靱になり　なり過ぎ　狂っている

夜を劈く　赤ん坊の声に
男は　腕に滴るものをさすり
ミルクの度合いを測る計器を買うと決めた

乳甕

甕のようにゆたかで
迸る液体が
いのちそのもの
生きてのみ
飲み干すことが
糧になる
なだらかな丘陵が
弾力のある溌溂に
ぱんぱんに膨れあがり
生きるということに前向きで

たわわな実りが
ぎちぎちと詰まっている
きみはふれたくなる

ちいさな掌でつかむように
甕に埋もれて吸い尽くす
無目的の愛のような
輝きに満ちていて
音楽が聴こえてくる
ごくごくと飲み込む
力強い　リズム
勢いよく盲目的に
尽きない泉を汲もうとする
真摯さにただただ呆れる

永遠に続けばいい
やさしい風が吹いてきて
平和であることの
証のように眼を瞑る

人が近寄れば
乳の甕を確かめて
いちどは放し
ぼくのものだと言いたげな
ぼくだけのものだと
自信に満ちた顔をする
それなくして
甕の存在は無いかのような
主張をする

おばあさんになる

ふくよかになった
からだも　こころも
自分がいちばん驚いている

おばあさんのわたしは
おばあさんになることを躊躇っている
違う人格になったようでふわふわしている

おばあさんにした張本人が

可愛すぎるので
戸惑いはどんどん大きくなっていく
無邪気に笑ったり
くったくなくだかれたりする
委ねてくる百パーセントを受けとめて

君にあそばれている

からだも　こころも　浮いている
素手で感じとっている
いとおしさや　はかなさを

いつまで君と生きて行けるのか
時間はたっぷりとある

おばあさんになったのだから

おばあさんは抽斗をいっぱいもっている
ひとつずつ　ていねいに
君に伝えることばを探している
いのちの美しさや　生きものの歴史
戦争のことや　人としてのやさしさ

どうして泣いているのかということについても…

わたしの掌のなかにいた
君がもう前を歩き出している

はじめの一歩

下の歯が二本生えてきて
笑えば上の歯も二本生えている

泣いておっぱい　満足して手拍子
ねむって眠って　起きてたべて食べて
じっとなんかしていられない

はじめて立ち上がったときの
景色は　ハシビロコウ

わたしを自由にしたスタンス
ドヤ顔でにやりとするから
まわりの外野席がぱっと明るくなる

ハシビロコウはすてきな笑顔で
真剣に　はじめの一歩を踏みだす

一歩前に進むと　景色は断然変わる
尻餅をついたって全然へこたれない

そのうちに
ピボットして方向転換だって
どんなもんだいって

五月のバルコニー

かぜをたべたよ
イチゴのあじがしたよ
おいしかったよ
きもちよかった

シャボン玉をふく
風といっしょにあそぶ
七色の球を追いかける
金色にかがやく玉をつかまえる

シャボン玉はするりとぬけ
バルコニーの角を上手に曲がって
その先の突き当たりの室外機まで飛ぶ
風といっしょにはしる

かぜをたべたよ
儚いあじがしたよ
蒼空のかなたに
さようならといったよ

バルコニーの天井をぬけ
空に飛んでいった　シャボン玉
吸い上げられた　シャボン玉

無数の　シャボン玉に　手をふる

つかまえるのをやめたよ

五月は澄みきっていて
明るかったよ
さみしかったよ
きもちよかった

風、うたうから

小さな手が
小さいこいのぼりを握っている
大きな手が
もう一方の小さな手を握りしめ
ふたり並んで歩いている

青空にゆれている
こいのぼりと

まごと
おばあさんが

黒松の林をわたる
悠久の風が
ふたりの頬をかすめてゆく
こいのぼりが歌うので
孫は
とことこ砂浜を歩む

ひたひたと
水際がまぶしくて
おばあさんの目は
細くなりしばたたく

十年　二十年先は
逆さまになっているかもしれないなあ

おばあさんは
孫をじっと見る
孫は
こいのぼりに見惚れている

そのとき
小さな手から放れた
こいのぼりが
生まれたての風をつれて
生きものになって走る
走る　走る　走る

追いかけても追いかけても
止まることを知らない
こいのぼり

とうとう
手を伸ばしても届かないところへ
おばあさんは
こいのぼりと孫と海を見交わし
砂の上でため息を吐く
孫は泣きながら
こいのぼりに
きらきら星のバイバイをする

振り向くとかなたには

雄大な富士が笑っている

おばあさんも
ウンと大きく頷いて
星の手を握り直し
青空いっぱいに深呼吸する

ＹＵＵ

生まれてくれたおまえのために
ＹＵＵのイニシャルを
ベビードレスにあしらった
薔薇の刺繍もそえて

色白のおんなのこはすくすく育ち
ちいさなことにもよくわらって
仄かな死を隠して
すべてを自分の力にして生きている　四歳！

おまえとふたり
「シンデレラ」の映画を観ていたとき
ＹＵＵが
シンデレラは笑わないね　と言う
いじめられているからね
　王子さまと会うときらきらしてるね
希望があふれてきたんだね
ガラスのハイヒールの舞踏会では
　シンデレラがピッカピカだね　と言う

ポップコーンのバケットは半分になり
キャラメル味に包まれて
ＹＵＵのことばは真っすぐなこころ

少女になる日を夢見ている

自由曲『ＹＵＵ』はたのしい玩具のように
景色をひろげる
「ゆう」の名前に内包する
数多の意味に感謝する

ひとは優しさにあるのですから
少しの勇気に
世界が変わることがあるのですから

秋霖

雨こんこんだね
　こんこんはきつねでしょう
そうだね
黄色のレインコート
背中にアンパンマンを背負って
ふたり手をつなぐ
水たまりに入ると
　スー　とするよ
バシャバシャバシャバシャバシャ

ながぐつのなか　あったかいよ

信号機で繋いだ手を持ちかえる
青信号で手をあげて
ゴミ収集車のおじさんが
三人そろって手をふってくれる
フォークリフトのおにいさんは無口
下水道のふたをジャンプして
いきなり「アンパンマン」を歌いだす
足早にすれちがうおとこの人がニヤニヤ
マスクにかくれていても分かる
犬の散歩のおんなの人も眼が笑っている
ゴミ集積所のかんばんのビスがさびて
　ちが　でているよ
さすってあげる

金木犀が音もなくふっている
オレンジ色に染まった地面
通用門に園長先生が立っていて
検温の緑の数字と手の消毒
いってらっしゃい
　バイバイ　とてをふる
レインコートを脱がせ
アンパンマンを連れて帰るね
ここからはきみがアンパンマン
それから
首から下げた「保護者2」のカードを外す

*
*
*

松原絵巻

御穂神社に手を合わせ
老松の並木が両脇をまもる
神の道をあるくと　松原に出る
潮騒が海を　海が潮騒を抱く

群青色にきらめく
兄に放り投げられ泳ぎをおぼえた海は
　塩辛い

若かった兄は若いまま　いない
水際に丸く平らな小石を積み上げて

町内総出の祝祭は　熱い砂浜を踏みしめ
老いも若きも太い綱にぶら下がり
碧空をあおぎ　掛け声もろとも大海原を曳く
鮃がひときわ大きく跳ねた　恵みをいただく
松林のむこうに富士が白い雲を従えている

砂浜は昼の温もりを宿して
薪能のあとの　篝火が　消えると
夜を待って松の幹の背に凭れて愛を重ねた
美しい模様の木肌の下に激しく脈打つもの

忘れられた羽衣のように覚束ない
母を連れ出し記憶と時間を丁寧に巻き戻して
ひとすじにつづくみちをゆく　神の道

その道を　やわらかい孫と手をつなぐ
振りほどく澄み切った気持ちを追いかける
十年後の君を　想像できない　私に
百年後にもとどく　ことばがあるだろうか

半島のその先に砂のくちばしがあり
三百歳の黒松が根を張りめぐらせ
三万本が潮風のかたちに　樹を全うする
陽炎の立つ砂浜に　シャボン玉をふく

円い瞳をキラキラさせ　追いかける君
沖合を大型の外国船がわずかに東に往く

GRANSHIP

停泊したままの大きな船は
大海原を航海することも
嵐に揺れることもなく静かに
何十年をここで暮らし
数多の窓に街の季節を映している

全長は知らない
高さは空を見上げて
重量は測定不可能

スペイン産の天然石の外壁が
剝がれ落ちぬように鉄条網で覆われている
その錨は　だれも見たことがない

清潔なる風が強い日も
風のきもちを聴いている
沛然たる雨に晒され錆びついても
雨のはなしを歌っている

動じない富士山に呼応して
たがいに励ましあう　朝
新しい年が明けると人々が挙って
日本平から昇る朝日を言祝ぐ
歓声をからだじゅうに受けとめ

大きな船は誇らしく染まる

大きな船のすぐ横を
古代の東海道が通っていたのだから
駅舎でもある

音楽の広場に
オーケストラが鳴り響く
舞台女優のペディキュアの赤が
踵を返すと暗転し
フィナーレはナイヤガラの
滝のような拍手と喝采に変わる

シロナガスクジラが

海もろともオキアミを呑み込み
何万トンの海水を　呑み込み
ひとときを潤し満たし
扱き吐き出すように
夜の海に還っていく
真夜中でも燈火は消さない
灯台になり夜明けを待っている

老いる大きな船も
あしたになれば
前庭の芝生の海がフカフカ
風はふきわたり　桜が咲きほこる
楠は空に地図を広げ　鳥たちが憩う
紅葉は艶やかにきらめき

粉雪も約束のように舞い降りる

子どもたちが集う
大地いちめんに
ひかりゆたかな　空がひろがり
自由にあふれた聲が聞こえてくる
その聲を大きな船も聴いている

夏を急ぐ

ばら撒かれた
蟻のような存在から抜け出し
時刻表を持たないひとり旅に出た
砂礫の意味を
一つひとつ問いながら
後まわしにはできない
深呼吸の旅を続けた
孤独が肩を寄せ合う村で
いきものの息の緒に

萎えた心臓を直立させ
耳を刹那ずり落として
墓場と楽園が拮抗する
合奏曲を聴いた
そのとき
軽い眩暈のなかで
一匹の蝿が
天の中心を目指して
飛び上がるのを見た
脳髄を
鏃の切っ先のように集中し
素早く決心すると
両手を高く青空に突き刺して
微かに太陽を抱えた

忘れられたゴムの樹は
コンクリートで仕切られた
ウィンドーに吸い付くようにして
間違いなく8ｃｍの成長を遂げる
この夏

手のひらに爽やかな汗を感じていた
天上では　すでに
灼熱の太陽の拡散が始まっていた
新生していくものだけが
カレンダーの整列した数字の上に
戻ってくるはずだった

湖

ぐらぐらして痛かった
歯を抜いた
二日間薬を飲んで
痛みが治まった

すこし晴れやかになった
そして　淋しくなった
それから　洞にしずかな湖を抱えた

こんなに歯を食い縛っているなんて
なにか　あるの
医者は言う
歯軋りがもとだという
抜歯の原因
そんな莫迦な

眼を瞑ると
歳月が一気に流れ出す

肩を怒らせ
胸を張り
笑顔につつみ
何十キロ　何百キロの負荷を

かけてきたのか
細いからだに　小さな歯に

医者は肩をやさしく叩いた
湖に　さざなみが立つと
なみだが一筋こぼれ落ちた

追憶

どうしても左の眉が巧くかけない
アシンメトリーになってしまう
さいごに　紅をさして
パンプスを履く日

ハンドバッグに
ひそやかにおさめた
アイロンがけされたハンカチーフ
白いレースの縁どりの

刺繍の薔薇が咲いている
大ぶりの優雅なハンカチーフ

手に握るとやさしくなって
汗をぬぐうと淑やかになって
膝にかけると女になる

隣の席で仕事をしていた
あなたからの贈りもの
まだ　温かく　笑っていた
昨日まで　話をしていた人だった
　自死の理由は　わからない
やすらかに　なりましたか

わたしの胸に深く留まる白鳥は
あなたを懐かしみ羽ばたくときがある

だから　先々に連れていく
カフェやレストランやバーに
新幹線や飛行機にも乗せる
遠くの湖に画家のささやきを聴きにいく

そっと泪をぬぐうとき
きれいな水で口を漱ぐとき
さようならと手をふるときも

いつでも一緒に出かけられるように
いちばん上の抽斗にたたんである

苦い薔薇

とりとめのない夢に
犯されているあなたと
果てしない茫漠たるときを指先に搦め
手をつなぐことで　いっしょの
ねむりを眠ろうとする

でも　眉根の哀しみを
救い上げることはできない

つないだ手に浮きあがる
いくつもの神経質な蒼い血管
さざめく血は一巡りする

魘される呻きを聴きとめても
受け入れても平らかにはならない
それはそれはくるしそうな
薔薇の顔をするのだ

それでも　揺り起こして
刺さった棘を抜こうとすると
掌は真赤に染まり
まっさらな血まみれの夜がつづく

やわらかい一番みるい*
傷つきやすいところを
いたぶって口をひろげ
花香を嗅ごうとするのだから

ふたたび
深緑の青海泥のふかみに
のめるように堕ちていくとき
花びらのきれぎれを踏みしだく

散り敷く紅い薔薇の翳に
ああ　あたらしい水をください

口移しにして

歪んだあなたの顔に
みずみずしいいのちをふきこもう

＊静岡の言葉で、柔らかい、みずみずしい。

痛い魚

夏の疲れからか
帯状疱疹が出た
わき腹が赤く腫れている
サカナの形をして腫れあがっている

よーく診ると
南の島の海に住む
サカナに似ている

三匹もいる
そういえば何十年と海に入っていない
からだ中の血潮が呼び集めたのだろうか
魚たちを

蟬の声が降りしきるなか
はだしで駆け出し
呼ばれるままに
大海原に飛び込んだ夏は
足のうらと手のひら以外
真っ黒に焼けることが勲章で
生白い肌を疎んでいた

マンネリの寝不足と紫外線のあらし
ストレステストのくりかえし
不規則な食生活は睡眠改善薬を求め
おおきくため息を吐く

むかしむかしの
おかっぱあたまの少女が
にっこりして振り返りべーをした
痛みは時として
すがすがしい思い出をつれて
遠くからやってくる

海に返りたい
　海に帰りたい

還りたいと
波のようにくりかえす

秋日和

世界最古の天文台瞻星台《チョムソンデ》を巡り
奈勿《ネムル》王陵をそぞろ歩く
国立慶州《キョンジュ》博物館の眼の中には
たくさんの小学生が勉強している
佛国寺《プルグクサ》の「橋」と呼ばれる石段を踏みしめる

ああ、安東《アンドン》河《ハ》回村《フェマウル》に
洛東江《ナクトンガン》がゆったりと流れて
展山《ピョンサン》書院《ソウォン》は一面に銀杏が降っている

日本なら　天高く馬肥ゆる秋　だね
と言ったら　蒼空を見上げて
　空高く馬肥える時
という言い方がある　とキムさんが言う
　おなじなのだね
キムさんが笑うと　秋は一層輝いて
世界遺産に来たわたしは
キム・ヒョンスックさんに逢いに来たのか…

午後のバスの光の中で　キムさんは
客席より小さい席に座って
美しい横顔を　舟にしている
嘗て　日本人のガイドは

ツアー客の前では絶対に眠らない
と聞いたことがある

　でも　ゆるしてあげます

むかし
あなたの名前を取り上げて
あなたの国の大切なことばを奪った
わたしたちでしたから
夕日を浴びるキムさんの横顔に

　ほんとうに　ごめんなさい
と　深く頭を下げました

*
*
*
*

熱い海から——新藤涼子さんへ

朝陽のあたる窓辺で
書いたという
あなたからのメッセージ

風をまとい読んでいる
カモメのように
こころの翼をはためかせて

大きな樹のしたで

語り尽くせない
はなしをした夕べに
月影が輝いていた

すべてを飲み込んで
　七度生まれ変わっても
　女に生まれたい
と　あなたはいった

思いがけない
熱い海からの
せめられる心地

海辺の丘の

美しい薔薇が
ただ　ふるえているのだ

えもいわれぬ夕陽が山の端に沈む

いますぐ　飛んでいきたい
あなたの明るい声を　聴きたい
会いたくて　あいたくて
胸を押さえて　手紙をつづる

薔薇のひと

予報では　よわい雨　または
雪がちらつくらしい

小柄だけれど　たっぷりとして
薔薇のような　ひと

かぐわしい　時代
うつくしく　つややかな
はちきれる　ひとときがあった

薔薇のひとは
あたたかく深い海が輝いている
だれも訪れない陽だまりの椅子に座って

楊貴妃も愛したという
高貴な香り
薔薇茶を色づくまで待っている

マドンナだった
文豪との夏休みや
詩人たちのサロン
時代の香りや表情までが輝いていた頃の

語り尽くせない物語を
あざやかに聴かせてくれる
永遠に知り得ない物語も含めて
百年の物語を聴きたい
九十本の薔薇の花束に囲まれて

玉手箱をありがとう

二〇二二年十月十二日、朝日新聞朝刊で新藤凉子さんの訃報を知りました。不思議なことに井上尚美さんも同時刻に新聞を読んでいました。十月七日午前三時四十七分に永眠されました。九十歳でした。二人で電話で慰め合いました。しかし、切りがありません。

写真は嫌がらずに納まる人でしたが、必ずチェックが入りました。美しく撮られていれば良く、気に入らなければ、消してと言いました。ただ、二〇一八年二月、近江八幡で開催された西日本ゼミナールの折、近江詩人会会長の竹内正企さん宅で近江牛をご馳走になった時は、「美味しいわね」を連発し、何枚写真を撮られても満足気でした。きっと良い顔をされていたのでしょう。真っ赤な帽子が良くお似合いでした。

三年振りの二〇二二年の「詩祭」には、涼子さんから戴いた白のレース付きのソックスで出かけました。井上さんと二人。リモート出演の谷川俊太郎さん、逢える人も少なく懇親会も無く、寂しかったです。翌日、涼子さんに電話で報告会。あれやこれやで一時間二十分。夕食の準備で電話を切りました。

最後にお会いしたのが二〇一九年の「歴程の会」。涼子さんがいつもおっしゃっていた大人の会でした。その四日後にお電話があり、一時間ほど詩にまつわる話をしました。印象的だったのは、私は恵まれていたのよ。草野心平さんに原稿だけ渡して会っていないのよ。詩集を出してくれたの。三回ほど野球を観に行っただけ、というエピソード。どれ程魅力的な女性だったのかしらと想像しました。そして、「穂」への提言や、詩作についてのアドバイスもして下さいました。

「鹿児島生まれの私はよろこんで毎日おいしくいただきました。前からお送りしようと思っていた宇野千代さんの美人の素みたいなものを中心にしてこのカンががたがた言わないように何やかやすきまをうめるためにいらないものまでつめこんで…時間が経ったのも忘れて…会長職が終わってホッとすると思っていましたが、あと二年も七十周年記念の会が方ぼうでありそれには出なくてはならず、外の仕事がたまりにたまっていておそくなりました。二、三日、テツ夜が続いています。おゆるし下さい。新藤　ねむりながら書いています。」
（原文のまま）

　このポストカードと共に十種類ほどの食品やら雑貨などが缶に詰められて送られてきました。思わず笑ってしまいました。そして、嬉しくなりました。

二〇一九年九月に鹿児島中央駅まで行きたくて三泊四日の旅に出ました。鹿児島は静岡に似ていました。富士山と桜島、駿河湾と錦江湾、伊豆半島と大隅半島、県の容も…薩摩揚げの詰め合わせを喜んでいただきました。

　涼子さんに戴いた「宇野千代BRANDオリーヴオイル」を毎日つけて、貴女の美しさにあやかりたいと思います。良い詩が書けますように見ていて下さいね。そのうちに、私もそちらに伺うのですが、米寿のお祝いも、名誉会員のお祝いも、卒寿のお祝いも、顔を合わせてできなかったこと、涼子さんの笑顔が見たかったのにできなかったこと、本当にごめんなさい。モフモフの靴下は、ダーニングしても穿き続けます。大好きだからです。

今度、改めて、『百八つものがたり』*を読み返して、そのあとがきに「充分に生きた夫の生と死はすばらしかったと、気を取り直すことができたのも、詩を書くということが、私を救ったのだった。うれしいことである。」とありました。

十二月十一日、娘さんの美可さんから宮崎の父のお墓に納骨ができました。とお電話をいただきました。良かったです。涼子さん、二人一緒になりましたね。私も涼子さんを見習って生きていきたい、書いていきたいと強く思いました。ありがとうございました。

*三木卓、高橋順子との共著で連詩の名著（思潮社二〇〇一年刊）。

駅にて

大人しい猫が
かたわらをすり抜けてゆく
わたしの猫ではない
過去から来たのだろう

大人しい猫は
一瞬　みゃあぁ　と鳴いた
透きとおったブルーの眼
わたしよりきれいなたましい

いのちの重さははかれないから
おもいやりを持つ
ことばであれこれを考える人間だけが
話しかけて立ち止まる

風が吹いてゆく
雪がちらつきはじめ
雲があわただしい
家路を急ぐ人　人の跫

大人しい猫は
大人しくすり抜けてゆく
未来にむかって
尻尾をゆったりふって

あとがき

世界では、中国武漢発の新型コロナウイルスの発生とその感染の爆発的な拡大が、日常生活を変えた。ウイルスの変異と共に日本でも現在までに第八波の流行をもたらし、その後、今年の五月八日からは感染症法上の分類が5類になり、ウィズコロナの現在である。

三年間、マスク生活とワクチンの接種、接種の日々だった。

昨年の二月二十四日のロシアのウクライナ軍事侵攻は、耳を疑い目を覆いたくなる蛮行の歴史だ。二年目に突入しているが先が見えない。平和とは優しさと勇気にある。日本の政治にも注視していかなければならない。

歌人、大原葉子さんの死は辛かった（「かくのこのみを」）。歌会での講評が毎回素晴らしかった。

「ボナールの会」の清水茂先生は、雲が好きなところにも共感した。詩を書きつづけることで応えていきたい。

表紙は、造形作家の内藤淳さんが新作で飾ってくださいました。とても嬉しいです。ありがとうございました。

思潮社の小田康之様、遠藤みどり様には、再び細やかなアドバイスを戴きました。こころより感謝申し上げます。

二〇二三年六月七日

菅沼美代子

菅沼美代子（すがぬま・みよこ）

一九五三年静岡県静岡市生まれ

詩集
『やさしい朝』（一九八一年、樹海社）
『あいについて　28』（一九八二年、私家版）
『幸福の視野』（一九九〇年、樹海社）
『翔んでみる』（二〇〇二年、樹海社）
『手』（二〇一七年、思潮社）

日本現代詩人会、静岡県詩人会、静岡県文学連盟会員、詩誌「穂」同人

現住所　〒四二二―八〇〇六　静岡県静岡市駿河区曲金六丁目八―二五
　サーパスタワー東静岡一五〇五

乳甕《ちちがめ》

著者
菅沼《すがぬま》美《み》代《よ》子《こ》

発行者
小田啓之

発行所
株式会社 思潮社
〒一六二-〇八四二 東京都新宿区市谷砂土原町三-十五
電話 〇三（五八〇五）七五〇一（営業）
〇三（三二六七）八一四一（編集）

印刷・製本
創栄図書印刷株式会社

発行日
二〇二三年七月二十二日